GIORGIO BATTURA
LES AMANTS DU MONASTERE

**Vous aimez les récits de Giorgio Battura ? Rejoignez la mailing list !
Rendez-vous sur le site**

http://www.giorgiobattura.wixsite.com/gaystories

Vous pouvez également contacter l'auteur par e-Mail :

giorgiobattura@gmail.com

AVERTISSEMENT

Ce récit contient des descriptions explicites d'actes sexuels.

Si je me balance en arrière, et regarde les cieux, je peux y voir toute la solitude du voyageur, toutes les erreurs qui s'expulsent les unes les autres hors de mon train de vie, puis viennent résonner sur le bitume, au loin, et me ramener en arrière, jusqu'à une période presque oubliée de mon existence, lorsque j'étais à peine adolescent, et que l'autre en face était adulte.

J'avais dix-huit ans, il en avant vingt-six. Il était un petit homme aux cheveux bruns, au sourire charmeur et enivrant, à la parole éloquente ; ses baisers m'ouvraient la porte d'un autre monde, un monde où mes pensées toujours hyperactives arrêtaient soudain leurs courses folles, où les désirs d'ailleurs et d'avenir reprenaient le pas sur tout ce que ma jeunesse et mon inexpérience produisaient d'angoisse pour mes prochains jours.

Il avait les yeux bleus très foncés, profonds comme une eau sombre, et la peau blanche et pâle, j'aurais pu le croire irlandais si je ne savais pas que ses parents venaient tout droit de Russie. Il avait visité bien des pays avant de me trouver, moi le garçon perdu au creux des collines italiennes, et à présent, il s'apprêtait à repartir, ce fut ce qu'il me dit alors que nous nous tenions tous deux enlacés sur l'un des lits du monastère, tout juste un matelas fin comme une carte à jouer, recouvert par un drap blanc, et un oreiller plat.

— Tu sais que je vais pas rester, murmura-t-il en caressant mes lèvres du bout des doigts, tu sais que je peux pas vivre éternellement sans me trouver un point d'attache.

Les murs du monastère avaient la couleur de la terre, et par la minuscule fenêtre qui surmontait le pupitre, je pouvais voir deux barreaux de fer sombre, et au-delà, le soleil blanc, et les montagnes, profondes, acérées, qui tombaient dans le ciel de Novembre.

Les mots d'Emmanuel me blessaient gravement, mais bien entendu, je ne le savais pas encore, j'étais trop jeune pour le comprendre. Je vivais au monastère depuis deux ans déjà, essayant d'y trouver un sens à mon existence, au travers des tâches simples et quotidiennes que me proposaient les moines, sculpture, poterie, fabrication de petits objets en métal, porte-clefs et bijoux, pour les quelques touristes qui avaient le courage de gravir la montagne pour venir nous visiter. Je m'y plaisais merveilleusement, et je crois que je plaisais aussi aux moines qui vivaient à mes côtés, tant leurs regards parfois semblaient dépasser le simple cadre d'un réconfort paternaliste, d'un conseil spirituel protecteur et avisé, pour me déshabiller entièrement hors de cette bure qu'il m'avait fallu revêtir à mon arrivée, ce long manteau brun et lourd qui tombait jusqu'à mes pieds nus.

A l'instant où Emmanuel, mon prince aventurier, me serrait contre lui, embrassant mes lèvres et caressant mon torse sur le lit de ma cellule, ma bure traînait dans la terre battue du sol, près de la carafe d'eau, et d'un exemplaire des confessions de Saint-Augustin.

J'essayai de résister à ses baisers, mais j'étais incapable de réagir face à l'excitation torride qu'ils provoquaient en moi. Emmanuel m'embrassait comme quelqu'un qui avait beaucoup voyagé. Je finis par profiter du froid qui s'infiltrait par la fenêtre ouverte pour frissonner un peu, me lever, aller refermer le carreau. Puis je restai debout, nu dans la lumière, et le contemplai lui, son corps musclé de voyageur, ses mains douces aux longs doigts noueux, ses jambes longues et légèrement poilues, ses pieds parfaits et élégants.

Je le voulais auprès de moi jusqu'à la fin de mes jours.

— Tu pourrais rester, lui-dis-je. Je pourrais être ton point d'attache. Ici, le monastère. Ça pourrait être ta maison.

Il sourit tendrement, secoua la tête.

— Non, non, petit fruit trop mur, ça ne pourrait pas. Ni ici, ni ailleurs.

— Tu crois que l'herbe est toujours plus verte chez l'autre ?

— Je crois que l'herbe est verte là où coule mon eau. Et mon eau, dit-il en se redressant, puis en faisant un pas vers moi, mon eau est une eau de plantes grasses, de forêts vertes et épaisses…

Disant-cela, il caressait de ses doigts mes épaules nues, glissait ses index le long de mon cou, de mon torse, de mes tétons, les bandants légèrement sous la pulpe de ses index. Tous mes muscles se tendirent, traversés par des cisailles de bonheur, et je ne pus qu'à demi entrouvrir les lèvres, à demi fermer les paupières, et contempler le bleu ténébreux de ses grands yeux, pendant qu'il continuait de me manipuler, descendait plus bas vers mes hanches, vers mes abdominaux très secs, vers les pliures de mon aine. Ce type me rendait malade d'amour pour lui, et en quelques mouvements, ce fut tout mon corps qui banda de nouveau.

— ...de montagnes, continua-t-il, de villages où l'on peut se nourrir de bons fromages et de viandes blanches, où la pluie tombe de temps à autres sur mes épaules nues, où les bois sont clairs et les maisons modernes et confortables. Où je peux créer mon propre espace-temps de voyage, de solitude, et de magie. Ici, il n'y a qu'une seule goutte de mon eau, certes la plus belle, la plus désirable...

Il empoigna mon sexe, et commença à le malaxer doucement ; je penchai la tête en arrière, gémis lentement, rendu complètement malade par ses caresses de prince, alors que tout mon corps se résignait à lui obéir, parcouru d'or et de frissons, et que je tombai à genoux, enlaçant ses jambes et baisant à pleine bouche son propre sexe lourd, que je léchai sur toute sa longueur, pour me rappeler son goût salé et prégnant. Son gland légèrement décalotté résonnait sur ma langue comme un fruit, pesait sur ma chair ; j'aimais sentir ce gland bandé tout contre ma peau, comme s'il pouvait pénétrer chaque partie de mon corps, et jouir jusqu'à m'en renverser le cœur. Il sentait bon l'homme d'aventure, une odeur de bonté et de force protectrice, qui m'enveloppait complètement, et je le léchai sans pouvoir m'arrêter, provoquant chez Emmanuel des frissons tendus et des éclats de rire, alors qu'il me malaxait les épaules.

— C'est vrai, c'est vrai, tu es la plus belle de mes eaux. Mais comment pourrais-je vivre à me faire sucer chaque jour, je te le demande ? Tu suces tellement bien, aucune autre langue n'aura plus de saveur lorsque je serai parti.

Je ne l'écoutais plus. J'enfouis ma tête entre ses cuisses, profitant des mouvements de ses doigts contre les muscles de ses épaules ; et se faisant, échappant enfin à sa beauté, le visage entre les ténèbres de ses jambes, je commençai à méditer un plan.

Non, je ne voulais pas qu'il s'en aille ;

Non, Emmanuel ne s'enfuirait pas.

Une vieille antienne me revint dans la tête, alors que quatre coups faisaient trembler la porte de bois de la cellule, et que la voix d'un moine me prévenait en italien que le prochain office allait bientôt commencer.

Emmanuel me releva doucement, et déposa un petit baiser d'amour sur mes lèvres.

Je lui adressai une moue de petit garçon peiné.

— Tu es sûr de sûr de sûr que tu ne veux pas rester ?

— Sûr de sûr de sûr que je veux rester, mais que je dois partir. Tu connais la chanson, pas vrai ? *And this bird that cannot change... God knows I can't change.*

— Tu chantes tellement mal.

Il me sourit, et me serra contre lui, nos deux torses nus échangeant leurs sueurs, peut-être pour la dernière fois. Je profitai de la délicieuse sensation de sa peau contre la mienne, et de l'air froid qui contrastait avec la chaleur de son corps aventurier, tout en me récitant les paroles de ce vieux refrain qui me tournait en tête ; d'où provenait-il, déjà ?

Emmanuel se rhabilla à demi. Sa chemise était encore entrouverte lorsqu'il franchit la porte, et m'adressa un baiser dans le vent, auquel je répondis en baisant le bracelet multicolore qu'il avait laissé derrière lui, un vulgaire scoubidou, lié à un encart de festival trance, quelque part, dans l'Est de l'Europe.

La porte se referma doucement. Je fus seul dans ma cellule, complètement nu, face aux montagnes blanches et immenses qui s'étendaient à perte de vue. Pensif, j'ouvris de nouveau la fenêtre, et me tins droit devant l'ouverture pour profiter de la morsure du vent froid, de l'appel des oiseaux, de l'odeur du soleil, qui tous me mordaient les membres, et me poussaient à me remémorer mes amours torrides avec ce mec de folie, ce voyageur, poète, homme d'affaire à sa manière, que tout homme rêverait de garder à ses côtés *jusqu'à la fin des temps*.

Dans ma tête, la chanson résonnait, encore et encore, plus forte, plus grave, plus avenante. Je me rappelai ses paroles et les fit tourner sur ma langue, comme un sucre à venir.

Il est vrai que je connais un peu de magie
C'est un talent que j'ai toujours possédé
Oui. Oui, il est vrai que… il est vrai que…

Voilà deux ans que je me trouvais au Monastère ; et si j'y avais pris bien du plaisir, je n'étais pas encore certain de croire en la philosophie des moines, qui affirmait que Dieu punissait l'amour charnel, et l'acte de perversion sadique.

Oui, oui… si c'était bon pour moi, ce serait bon pour lui.

— Qu'en dis-tu ? murmurai-je face au minuscule crucifix cloué au mur.

Il n'en dit rien. S'il avait pu bouger, j'étais certain qu'il aurait haussé les épaules.

J'avais pris ma décision, et cela m'emplissait d'une satisfaction totale, aussi bien spirituelle que physique ; je savais quelle était la route à prendre.

J'achevai donc la matinée, à genoux sur le sol de terre battue, à me remémorer mes nuits aux côtés d'Emmanuel, tout en branlant vigoureusement mon sexe bandé.

Lorsque je fus bien dur, que mon souffle fut court et mon corps battant comme un tambour de guerre, je jouis sur le mur en face de moi, et étalai de ma main le sperme sur la terre, jusqu'à y tracer les dessins ésotériques qui me traversaient l'âme ; puis je me laissai tomber sur le sol, pantelant, mes jambes nues exposées au soleil ; je saisis le drap blanc au-dessus de moi, le collai contre mon visage, et inspirai son odeur.

Lorenzo était un artiste des fluides.

En échange de son savoir-faire dans l'art des potions d'amour, il avait exigé une fellation de ma part, puis d'autres actes sexuels, à mesure que s'éternisait sa cuisine.

A présent, cela faisait plus de trois heures que nous étions lui et moi enfermés dans les caves profondes du monastère, creusées dans la roche même de la montagne. Les murs y étaient noirs et luisants, tout justes illuminés par quelques néons qui leur donnaient un aspect de garage automobile. Tout autour de nous s'alignaient les établis, les tréteaux, les étagères de métal remplies de fioles et d'accessoires dont j'ignorais le nom, nécessaire à tous les bons produits que préparaient les moines pour le Monde du dehors, et qui leur permettaient d'entretenir le monastère. L'odeur était celle des fruits et des légumes bouillis, avec un fond de fromage et de roche froide, et d'alcool, peut-être de la bière ; et la température était torride, presque un sauna, car les radiateurs tournaient à fond, et Lorenzo, qui se tenait complètement nu face à moi, son crucifix suspendu au cou, avait répandu dans l'air une vapeur épaisse, apparemment nécessaire à la concoction que je l'avais supplié de bien vouloir m'offrir.

Après plus de trois heures de travail de son côté, et de baise intense du mien, je commençais à le soupçonner de faire volontairement durer le plaisir, et de n'avoir généré la vapeur que pour rendre nos corps humides et luisants. Au fond, je ne m'en plaignais pas trop.

— Lorenzo. C'est bientôt fini ?

— Mais oui, mais oui, tu sais bien, répondit-il, avec son irrésistible accent italien. Tu sais bien, c'est la magie, ça prend du temps.

— Qu'est-ce que tu prépares, exactement ?

— Ça, dit-il en me montrant la poudre claire qu'il avait répandue dans sa main, c'est un mélange de MDMA, avec d'autres choses, d'autres inventions de ma conception, tu vois, et un peu de psilocybine, peut-être, comme ça, ton chéri, ça lui ouvre les méninges, et il sait qu'il doit rester.

Tout en prenant en bouche son sexe bandé, essayant de mon mieux de lui soutirer des soupirs de plaisir, empoignant fermement ses cuisses recouvertes par la vapeur de l'eau, je l'observai qui remuait ses tubes, ses poêles, qui réduisait ses flammes. Il augmenta le volume du poste radio, qui diffusait de vieilles chansons marocaines, chantées par des femmes aux voix puissantes et onctueuses.

Je ne m'inquiétai pas de la potentielle dangerosité de ses pratiques. Lorenzo était doctorant en chimie moléculaire et en théologie systématique. J'avais la plus parfaite confiante en sa maîtrise des risques et des effets.

De plus, nous couchions ensemble depuis mon arrivée au Monastère, et je le savais être un des pervers les plus dépravés que je connaisse.

Son visage magnifique, taillé au scalpel, accusait parfois le coup de sa trop grande consommation de drogue ; et ses grands yeux noirs étaient soulignés par des cernes profonds. Mais ses lèvres, elles, fines et élégantes, restaient inchangées, toujours aussi désirables, encore plus lorsque recouvertes comme cette nuit-là par une pellicule de vapeur. Ses cheveux tombaient en boucles noires le long de ses épaules, chose rare chez un moine ; mais Lorenzo était un moine rebelle, une sorte de rocker ultra-croyant, en Jésus, en Bacchus, le dieu de la baise, et en Nyx, déesse de la nuit *et de la rave,* comme il l'ajoutait lui-même en se marrant.

Je m'étais souvent interrogé sur sa présence au monastère, un type fêtard et anarcho libertaire comme il l'était. J'avais vite compris que ce château somptueux perché dans les montagnes était la résidence idéale pour qu'il pratique ses passions de spiritualité et de psychonautisme, tout en étant blanchi, nourri, et logé, en se tenant à l'écart de sa famille, et de son passé honni.

Il eut un éclat de rire, et prit entre ses doigts une pincée de la poudre qui achevait de cuire.

— Tiens, tiens, voilà, c'est prêt. Plus qu'à rajouter, la touche finale, la cerise…

Il saisit les champignons coupés en lamelle qu'il conservait sur une planche, les broya sous un mortier, puis les fit couler dans le mélange de poudre et de miel qu'il avait glissé dans une fiole. Enfin, il y trempa son doigt, et le tendit à mes lèvres.

Je le pris dans ma bouche, le suçai avec amour, contemplant Lorenzo dans les yeux, alors qu'il se tendait, se détendait, soupirait en italien des mots de bandaison intenses. Finalement, il se laissa tomber sur le sol de terre battue, à mes côtés, et prenant la fiole avec lui, il en creusa le contenu de son index, et le fourra à nouveau dans ma bouche ; je bouffai avec délectation, je vis face à moi son visage enivré, suppliant, je sentis contre mon ventre sa bite bien bandée qui frottait contre ma peau. Lui-même dévora une partie de sa mixture ; puis il reposa la fiole sur la table, m'enlaça entre ses bras musclés, en soupirant, en gémissant, et m'embrassa comme un fou, possédant ma bouche de sa langue, et je laissai couler en moi sa salive droguée, partageant nos gouts de miel et d'autres molécules inodores et mystérieuses, alors que l'italien écartait doucement mes jambes, commençait à passer sa langue le long de mon sexe, de mes testicules, de ma prostate ; puis qu'il força grâce à ses lèvres expertes l'entrée de mon cul, qui répandit dans tout mon bassin des frissons de plaisir, planant presque sous les vibrations de la musique dense et lente qui provenait du poste radio.

Lorenzo ensuite prit un air de sauvage, un air de lion qui s'apprêtait à me posséder, que je le veuille ou non ; de ses deux mains contre mon torse, il me plaqua au sol, enserra ma gorge entre ses doigts jusqu'à ce qu'à mon tour je me sente si soumis que j'aperçoive des chandelles, des lumières de bonheur m'enchaîner le cœur et supplier le moine rockeur italien pour qu'il me baise, qu'il me baise encore et encore jusqu'à ce que je jouisse.

Il positionna son gland bandé à l'entrée de mon cul, pressa lentement vers l'avant ; à l'instant où il commençait à me pénétrer, je me sentis partir, les premiers effets de la drogue se répandant dans mon sang et mes muscles, accompagnés de couleurs chaudes, et de désir d'en recevoir plus encore de ce mec incroyable ; alors je perçus ce qu'allait ressentir Emmanuel demain, lorsqu'il serait pour la dernière fois entre mes jambes, et cette vision m'enivra de reflets érotiques, et de folies bandantes à venir.

Lorenzo me baisa toute la nuit, méchant comme un fauve, il mordit toutes les parts de mon corps, et moi je jouis entre ses dents et sur sa langue tout ce qu'il me restait d'espoir d'un jour cesser d'aimer les hommes jusqu'à en crever.

Nous nous enfonçâmes dans les profondeurs les plus sombres du monastère, rejoignant l'escalier de la garde, qui contournait la tour principale, longeait l'ancienne muraille, et perçait une alcôve dans le mur Est. Je tenais Emmanuel par la main, car il faisait noir, il faisait froid, il faisait humide, et lui n'avait aucune idée de l'endroit où nous nous rendions.

Arrivés près de la poterne, la minuscule porte de bois qui scellait l'entrée secrète du bâtiment, je tirais hors de ma bure la clef volée au moine gardien, et tentai de l'introduire dans la serrure de métal.

— Zut. Tu peux m'éclairer ?

Emmanuel sortit son smartphone, et illumina le métal, dans lequel je pus glisser la clef, et ainsi déverrouiller la porte. Nous sortîmes tous deux sur le contrefort de la montagne, et je refermai précautionneusement la porte dans mon dos, avant de regarder le paysage autour de nous.

La lune était pleine, ce soir-là. Sa lumière badigeonnait la terre de lueurs blanches, et les pics et les rochers s'étendaient de l'autre côté du gouffre en longues bandes dures et belles, jusqu'à l'horizon.

Le chemin sur lequel nous nous tenions était aussi étroit que la plateforme d'un carrousel, celle sur laquelle se dressent les parents à l'instant de déposer leurs gosses sur l'une des figures tournantes, cheval, fusée, ou voiture de police. Le précipice s'étendait face à nous, sa mort censurée par une fine cordelette de chanvre, censée nous empêcher de tomber dans le vide.

Je contemplai le gouffre avec un frisson ; Emmanuel, lui, semblait parfaitement détendu. J'oubliais parfois que son métier d'explorateur le prédisposait aux situations dangereuses.

J'ôtai ma bure, et la posai sous une pierre, non loin de l'entrée ; puis je fouillai le sac de randonnée qu'Emmanuel avait pris sur son dos, et j'en tirai le t-shirt, la doudoune, le jean et les baskets qui lui appartenaient, avant de les enfiler, afin de me protéger contre le vent froid de la nuit, et l'odeur puissante de la neige, qui me gelait les poumons.

— T'es prêt ?

J'acquiesçai, le souffle court, encore un peu tendu à l'idée d'être repéré par les moines de garde. Je jetai un œil au château formidable du monastère, rempart de pierres percé de meurtrières et de toits de bois, construit à même la pente de la falaise comme un défi ; mais tout restait calme. Tout était éteint.

Certains dieux restaient dormir aux heures nocturnes.

— Vamos.

Je serrai la main d'Emmanuel au creux de la mienne, et l'entraînai le long du chemin de rocaille, à pas très lents, pour éviter la dégringolade. Il était comme à son habitude vêtu d'habits légers, débardeur, chemise pâle, bomber rempli de poches, ainsi qu'un pantalon de toile et des chaussures de marches. L'annonce de notre escapade nocturne l'avait fait sauter au plafond. Je savais que je pouvais le convaincre en lui offrant *une nouveauté à découvrir* ; pour lui, chaque exploration sonnait comme un trésor ; et elle brillait plus encore lorsque drapée de l'aura de l'illégalité, du secret, et du risque d'être découvert.

Nous descendîmes le long de la falaise, durant de longues minutes, comme deux enfants s'échappant d'un internat. Bientôt, la lumière de la lune ne suffit plus à éclairer nos pas, et il nous fallut nous coller le dos à la pierre pour éviter de mettre un pied dans le vide, et de plonger vers notre mort. Ce fut une marche éprouvante pour mes nerfs. Mais sa main dans la mienne me rassurait ; elle était chaude, sèche, et forte, et me massait les muscles et les tendons ; je savais qu'elle était là pour me séduire, et que notre descente était la seule solution pour parvenir à mes fins. Alors je continuai ma route, sans trop y trembler.

Je sentis finalement la terre molle sous la semelle de ma basket, et je sus alors que nous étions arrivés tout au fond du précipice, là où la lumière ne passait presque plus, et où les roches vertigineuses et étroites nous protégeaient du froid.

Emmanuel sauta à mes côtés, et le bruit de son pas sur le sol résonna tout autour de nous, durant de longues secondes.

— C'est formidable, comme endroit ! Mais qu'est-ce que c'est ? Les égouts du monastère ? Un chemin de ronde ? Des catacombes ?

Il était curieux comme un enfant. Je ne pus m'empêcher de chercher son torse dans les ténèbres pour le caresser un peu, faire remonter ma main jusqu'à son cou, qui se lova au creux de ma paume, alors que le massai gentiment.

— Tu verras. Ça va te plaire.

— Il fait tiède, non ? Je sens comme un courant d'air chaud.

— Les falaises nous protègent du froid. Il y a des sources chaudes, pas trop loin d'ici.

— Victor, de tous mes amants, tu es probablement le plus gâté par son cadre de vie.

J'acquiesçai, avant de me remettre en marche. Nous avions encore quelques minutes de promenade avant de parvenir à la caverne.

Durant tout le temps de notre marche, je gardai ma main posée sur le cul bombé du bel aventurier, ce qui n'était pas pour lui déplaire, décidai-je, comme il ne protestait même pas.

Puis nous atteignîmes la part la plus profonde du gouffre, où la roche creusait un tunnel jusque dans la terre, une chatière étroite, dans laquelle il nous fallut nous infiltrer en courbant le dos. Emmanuel était aux anges.

Enfin, après une dégringolade qui me parut peser une éternité, le tunnel s'agrandit de nouveau, et je sus alors que nous étions parvenus à bon port.

J'entendis un choc devant mois, alors qu'Emmanuel poussait un juron.

— Victor ! Il y a une autre porte, par ici, murmura-t-il, et c'est pas du bois.

Je me rapprochai de lui dans les ténèbres, tâtonnant à ses côtés le long de la trappe de métal circulaire qui verrouillait l'entrée de la crypte. Victor murmurait à mes côtés, fasciné par les gravures que ses doigts épousaient dans l'obscurité.

Je cherchai dans la pénombre le boitier de métal que je savais être encastré dans la pierre, sur ma droite. Lorsque je sentis ses angles sous la paume de mes mains, je l'ouvris, saisis le levier, l'abaissai, déclenchant un claquement lourd, puis un grincement dans les rouages de la trappe. Enfin, je pressai le bouton central, qui clignota d'une lueur verdâtre, avant que je ne referme le boitier, et que la grande porte circulaire ne se mette à coulisser en raclant contre la pierre.

Au fur et à mesure que le battant s'écartait, la lumière provenant de la crypte illumina nos deux visages, et je vis l'expression abasourdie d'Emmanuel lorsqu'elle se révélèrent les piliers immenses et les trésors ancestraux.

Je l'encourageai Emmanuel à entrer en premier.

Sitôt qu'il eut franchi les marches taillées dans la pierre, il fit quelques pas, regarda autour de lui, s'arrêta, les bras le long du corps. Puis il se tourna vers moi, sous le choc.

Je pressai le bouton intérieur pour commander la fermeture de la porte, qui racla et claqua dans mon dos. Le vacarme du métal contre la pierre résonna dans toute la caverne.

Je me rapprochai d'Emmanuel, contemplai avec amusement son air abasourdi, passai ma main dans ses cheveux ébouriffés ; puis je déposai mes lèvres sur les siennes, et pris ses mains entre mes doigts.

— Victor, me demanda-t-il, où sommes-nous ?

Je ne l'avais jamais vu aussi sérieux. L'effet de surprise était parfaitement réussi. Je le serrai tout contre moi, à l'instant de murmurer à son oreille.

— Ici, mon amour, nous sommes dans le ventre des Dieux.

Il ne réagit pas ; il me regarda comme si j'étais fou. Alors je léchai doucement son cou, provoquant des frissons dans tout son corps.

Comme je l'expliquai au farouche aventurier, les moines m'avaient révélé le secret de la crypte lors du dernier jour de ma première année à leur côté.

— C'est un privilège qu'ils réservent à très peu de leurs proches. Je n'ai jamais bien compris pourquoi ils m'avaient choisi ; peut-être qu'ils aiment ma manière d'être.

— Peut-être qu'ils aiment bien ton cul.

— Peut-être. Quoiqu'il en soit, si j'ai tout bien compris, la crypte est un endroit sacré, tenu secret durant des millénaires par toutes celles et ceux mis au secret. Elle est supposée renfermer les derniers décombres des anciens dieux païens – en l'occurrence, les dieux de la Rome antique, mais il y a d'autres tombeaux que les leurs, dans les coins autour…

— Qu'est-ce que tu veux dire ? Ce sont des autels ?

Tout en déambulant entre les immenses galeries, aux murs recouverts de marbres et de moulures dorées, aux sols flanqués de pierres grises, le tout illuminé par des lustres splendides, sculptés dans le bronze, j'essayai de me remémorer les différents chapitres des leçons des moines.

— Non, non, pas des autels. Personne ne vient prier ici. Pas un musée, non plus… c'est une espèce de mausolée.

Nous parvînmes devant le rectangle immense et vierge, sculpté dans la pierre, qui comblait l'un des corridors. Il devait mesurer plus de cinq mètres de hauteur, pour deux ou trois de large, et n'affichait aucune autre inscription que les reflets merveilleux des luminaires qui s'étendaient à sa surface.

Emmanuel le contempla, confondu.

— Ça, c'est une tombe ?

— Oui. La tombe de Diane, déesse…

— …déesse de la chasse et des cultures. Très impressionnant. Elle est creusée ?

— Evidemment. Il faut bien y mettre ses restes.

Emmanuel ne répondit rien. Nous continuâmes notre marche. La température était tiède, l'odeur apaisante, remplie d'encens, et de fumées douces. Il y avait quelque chose de très agréable à partager cette promenade auprès de ce garçon que j'aimais tant. J'avais le sentiment d'une dernière aventure entre amoureux, au creux d'un parc, entourés par les étoiles et les souvenirs d'autrefois.

Certains couloirs aboutissaient à des pièces immenses, où trônaient fauteuils profonds, tapis multicolores, parfois même des fontaines asséchées. D'autres donnaient sur de petites chambres étroites, parfaitement rangées, aux ambiances tamisées, aux murs recouverts de rayonnages.

Emmanuel fronçait les sourcils, s'essayant à comprendre ce qui motivait la préservation d'un endroit comme celui-ci.

— Et les moines entretiennent les tombes ?

— Tu vas comprendre.

Il y avait une porte noire, face à nous. Elle était construite toute de bois ciré, et sa poignée forgée de bronze était orientée à la verticale, pointe vers le bas.

Je m'approchai, saisis le métal entre mes doigts, retournai le mécanisme jusqu'à ce que la pointe soit dressée vers le haut.

La porte s'ouvrit sans un bruit, et j'invitai Emmanuel à entrer dans la dernière des chambres, *la casa nera*, comme l'appelaient les moines. Puis je refermai le battant derrière nous, et j'actionnai l'interrupteur.

La chambre noire était une vaste pièce, presque un loft, à ceci près qu'elle était enfouie sous terre. Le sol était recouvert d'une matière sombre et pelucheuse, très agréable aux pieds ; je fis signe à Emmanuel de retirer ses chaussures et ses chaussettes, et j'en fis de même de mon côté.

Il y avait un immense matelas circulaire, posé juste au centre, et tout autour, entre les murs de pierre lourde et grise, des tas d'ustensiles répandus, des objets étranges et scintillants, comme de petits jouets.

Le fond de la pièce était comblé par un immense miroir rongé par le temps, et une ampoule nue pendait du plafond pour embellir la salle d'une lumière orangée.

Dans l'ensemble, l'atmosphère était chaleureuse, et très confortable.

Lorsque j'eus fini d'ôter mes souliers, je vis qu'Emmanuel s'était penché vers le sol, et à quatre pattes, il observait les centaines d'objets qui traînaient entre les mailles du tapis. Je le rejoignis, m'agenouillant à ses côtés, contemplant ses réactions d'explorateur face aux petites merveilles.

Il y avait vraiment de tout, qui gesticulait entre nos mains, des mécanismes surprenants et déroutants, des structures argentées en formes de casse-tête, des figurine représentant des moines vêtus de blanc, maniant des épées enflammées en plastique ; il y avait un jeu d'échec aux pièces sculptées dans le bois, représentant des figures monstrueuses, des carnassiers tranchants, des poulpes, des gueules grandes ouvertes. Il y avait une boîte remplie d'un tourbillon bleu sombre, moulé dans la résine de plastique ; le cœur du tourbillon était aussi noir que l'espace, et donnait l'impression de contempler une réalité lointaine, de l'autre côté d'un gouffre intersidéral.

Il y avait des balles multicolores, de petits chevaux clignotants et robotisés, des jeux de plateau aux figurines argentées, aux règles intrigantes, rédigées dans des langues inconnues. Il y avait aussi des fleurs dans les pots répandus dans les alcôves, et chacune d'entre elles était différente de la précédente, fraîche, séchée, apportant une nuance de couleur et de parfum enivrant, ou au contraire très fade.

Emmanuel resta de longues minutes à manipuler les boutons d'un minuscule cheval à la carapace d'or. Il pressa un levier, les yeux rouges du cheval s'illuminèrent, et il poussa un hennissement électronique.

L'aventurier me jeta un regard intrigué. Il était si beau quand il était excité.

— C'est pour ça que tu m'as fait venir ici ?

— Oui, je crois. Ça ne te plait pas ?

— Si. C'est formidable. C'est juste que je ne comprends pas où nous sommes. Cet endroit semble tiré d'un rêve.

Je haussai les épaules.

— Tu ne t'attendais pas à trouver ce genre de choses dans les sous-sols d'un monastère.

— Ouh la, non, certainement pas.

— Y a plein d'autres trucs incroyables, ici, tu sais. Toutes les galeries, les couloirs des Dieux, il y a de nouvelles pièces tous les cent mètres, avec des découvertes à faire, de l'exploration, de la beauté comme on n'en trouve nulle part ailleurs… tu pourrais rester avec nous.

Je me perdais dans mes mots. Je voulais dire quelque chose, sans savoir comment le formuler ; et dans ma poitrine, mon cœur me pesait lourd. Je sentais une tension tout au long de mon dos, comme un manque, comme une envie d'accomplir quelque chose ; mais je ne savais pas quoi. Je joignis mes mains entre mes jambes, comme pour les réchauffer, et je baissai les yeux, honteux de mon incapacité à exprimer mes sentiments.

Les deux mains d'Emmanuel vinrent s'appliquer autour de mes épaules, pour les masser doucement. Je levai le menton, croisai son regard.

Il semblait si triste, lui aussi. C'était comme s'il avait absorbé mon chagrin. Il semblait me comprendre, et pourtant, il ne disait pas un mot pour me contredire ; pas un geste qui soit violent, ou qui crée de la distance entre nous.

Je me jetai entre ses bras, et le serrai contre moi, aussi fort que je le pus.

Il me câlina en retour, et je laissai le bonheur de son étreinte se répandre dans tous mes muscles, et jusque dans mon âme. Sa voix grave et chaude vint se poser tout prêt de mon oreille, achevant de m'apaiser.

— Victor, mon amour. Je t'aime, tu le sais, comme j'aime chacun des garçons que je rencontre au cours de mes voyages. Je vais partir, tu le sais aussi ; et ça ne changera rien au fait que j'ai de la passion pour toi, que tu fais partie de ma vie, que tu as creusé une marque profonde au fond de mon cœur. Rien ne pourra jamais, jamais changer cela. Je suis avec toi jusqu'au bout de ma vie, et si je peux le faire, si mon âme me dicte que c'est la marche à suivre, alors je reviendrai ; et si ton âme est encore là, dans ce monastère, dans ce sous-terrain ; si tu veux toujours me voir, alors nous nous retrouverons, et nous nous aimerons encore.

Je sentis les larmes qui me montaient aux yeux, alors que les bras d'Emmanuel formaient un cocon au sein duquel je voulais me lover pour la vie, une protection autour de mon corps encore jeune, solitaire, et en manque d'amour. C'était cette solitude, cette absence de proximité humaine que j'essayais de combler, en gardant le bel aventurier auprès de moi, en refusant de le laisser partir.

A moitié tremblant, essayant pathétiquement de cacher mon chagrin, je lui demandai s'il ne voulait pas que nous nous amusions ensemble, une dernière fois. Je tirai de ma poche les poudres précieuses que Lorenzo avait fabriquées pour moi, les bonbons magnifiques, et qui dans un cadre comme celui de la crypte auraient pu nous offrir le plus beau des voyages, ensemble, main dans la main, corps contre corps.

— Je pourrais te montrer de beaux pays, lui murmurai-je, des tas et des tas de mondes enchantés. Je te promets que ces catacombes ne s'achèvent jamais, il y en a constamment de nouvelles. Je te promets que tu ne t'ennuieras pas. Tu pourrais m'apprendre à explorer.

Je levai les yeux vers lui, et à ma grande surprise, remarquai qu'il pleurait aussi. Il semblait profondément touché par mes pitoyables tentatives de le garder contre mon cœur.

— Tu comprends, lui dis-je, j'ai peur d'être tout seul. J''ai toujours l'impression que je vais mourir bientôt, comme un con, lorsque je suis tout seul.

— Moi aussi, mon chéri. Moi aussi.

Il prit mes mains dans les siennes, contempla la poudre merveilleuse.

Il baisa chacune de mes paumes, et je reçus la chaleur de ses lèvres avec beaucoup de reconnaissance. Peut-être aurais-je pu partir avec lui. Peut-être aurions-nous pu vivre à deux, loin du Monde, dans les galeries éternelles, ou alors au sommet du Monde, d'un pays jusqu'au suivant.

Emmanuel me serra de nouveau dans ses bras, et pesa sur mon corps jusqu'à ce que nous soyons tous deux allongés sur le tapis de touffes noires, à nous contempler dans les yeux, baisant nos lèvres, observant dans le regard de l'autre la tension, le mouvement, la beauté du chagrin, et de la séparation.

— Ecoute, murmura l'aventurier. J'ai peut-être une idée, qui nous permettra de vivre ces derniers moments ensemble de la meilleure des manières. Que dirais tu que nous prenions ces drogues, tous les deux ; que nous fassions ce dernier voyage, disons, dans cette pièce, entourés par ces jouets, et face à ce miroir ; et qu'au matin, quand tout sera terminé, nous nous séparions, heureux d'avoir vécu cette expérience magnifique comme ultime roman d'amour ?

Je lui souris, essuyant les larmes qui coulaient sur mes joues. J'étais trop heureux de pouvoir partager au moins une aventure à ses côtés. Alors je répondis :

— Oui, mon amour. Bien sûr que je le veux.

Alors nous nous allongeâmes sur le lit circulaire, face au miroir.

Nous nous déshabillâmes mutuellement, passant nos mains le long du corps de l'autre, laissant les habits couler avec douceur jusqu'à nos pieds. Quand nous fûmes nus, nos jambes entrelacées, chacun de nos bras effleurant ceux de l'autre, le souffle d'Emmanuel sur ma peau, nous ouvrîmes les petits sachets dans lesquels était contenue la formule de Lorenzo.

L'aventurier déposa de la poudre sur son doigt, qu'il me donna à sucer, et je savourai autant le goût de miel que celui de sa peau tendre, qui avait rencontré la plupart des terres du Monde.

A son tour, il suça mon index, recouvert par la poudre aux merveilles.

Puis nous nous enlaçâmes, tout proche l'un de l'autre, et nous attendîmes ensemble le départ à l'aventure.

Tout d'abord
Tout d'abord il y eut des vagues
De bonheur, dans les muscles de mes bras

Dans les os de mes poignets, lorsque j'eus fermé les yeux, et que je sentis la poigne d'Emmanuel, sa main rugueuse et voyageuse, qui m'enserrait, faisait doucement pivoter mon poignet sur son articulation. Il me manipulait avec une telle douceur que ce simple geste suffisait à mon bonheur ; et lorsque ses doigts remontèrent le long de mon bras, parcoururent comme des randonneurs l'intérieur de mes coudes, le dessous de mes aisselles, la zone tendre entre le dos courbé et la nuque ; lorsque son index se posa délicatement à la base de mon crâne, y frottant la racine de mes cheveux, tandis que son autre main parcourait mes pectoraux bandés ; tandis que ses pieds caressaient en remontant la peau de mes jambes, dessinant de petits cercles le long de mes chevilles et de mes mollets ; tandis que son sexe bandé se gonflait doucement, effleurant par à coup le mien, comme deux êtres timides, qui n'osaient pas tout à fait se rencontrer ; pendant que son genou venait se loger entre mes cuisses, contre leur intérieur, chaud et solide contre ma peau tendre et légèrement humide ; alors je commençai à me laisser sombrer dans l'ivresse, et je sentis dans ma bouche les premiers effets, les premiers picotis provoqués par le miracle moléculaire de Lorenzo.

Lorsque j'ouvris les paupières, je vis Emmanuel, son beau visage à quelques centimètres du mien, qui avait les yeux fermés, et tout autour de moi, la chambre était la même, avec sa lumière tamisée, mais pourtant tout y semblait étrange, comme habité de vagues invisibles ; ondulant les reflets des pierres sur les murs, ondulant la respiration forte de mon amant, ondulant le plafond noir, noir, noir, dans lequel je pouvais voir quelques reflets multicolores.

Je n'osai pas encore regarder les jouets sur le sol, de peur de voir quelque chose de trop stupéfiant dans leur immobilisme. Je préférai clore mes yeux de nouveau, et me concentrer tout entier sur les caresses procurées par Emmanuel, et lui offrir les miennes en retour.

Lorsque dix minutes se furent écoulées, je commençai à sentir l'effet presque éreintant du produit dans mes veines, comme si des milliers de petits êtres invisibles poussaient sur mes muscles, me tendaient le corps de part en part, provoquant de délicieux élans de chaleur dans tout mon être, qui me traversaient depuis les orteils jusqu'au sommet du crâne. Peu à peu, ces courants d'énergie me poussaient vers le corps transi d'Emmanuel, dont je sentis à ses soupirs que lui aussi se sentait attiré vers moi par une force irrésistible. Ce furent d'abord ses deux bras, qui passèrent de chaque côté de mes hanches, pour se nouer dans mon dos, et m'attirer vers lui, en verrouillant fortement ma poitrine nue contre la sienne. Le choc de nos deux torses émergea en une explosion d'odeurs mâles et de couleurs, comme une vérité ouverte toute entière aux yeux du Monde, un espace-temps complet qui venait de naître de la rencontre entre nos peaux ; il était possible que la vie toute entière que nous aurions pu passer ensemble ait été contenue dans ce simple toucher, et qu'une fois dissipée dans les airs de la pièce, elle ne fut plus qu'un souvenir, un onguent exhaustif et érectile, que nous pouvions respirer, lui et moi, à pleins poumons, afin de nous rappeler combien nous nous aimions.

Son sexe et le mien, collés entre nos deux ventres, faisaient l'amour en se tournant autour, frottant, s'embrassant, et chaque toucher de l'un provoquait chez l'autre l'envie d'en dire plus, de caresser ses mains plus bas, de parcourir le cou de baisers et de lèches j'enfouis mon visage dans le cou d'Emmanuel, qui poussa un long et puissant gémissement d'extase, au moment où je pénétrai par ma langue le bonheur de sa peau, l'ouvrant comme un calice, déposant ma salive chaude depuis son épaule jusqu'au lobe de son oreille, sans jamais décoller mes lèvres de son corps.

Lui-même saisit fermement mes fesses dans ses mains, les pétrit jusqu'à ce qu'elles me semblent déconstruites, fortes et libérées comme des montagnes de chair ; il enfonça plus profondément encore son genou entre mes cuisses, jusqu'à ce que sa cuisse à lui vienne aplatir mes testicules, et écarter légèrement mes fesses, poussant contre mon cul, aux sensations ouvertes, absolument désireux d'être pénétré ce soir, et de recevoir la semence aventurière de mon amant.

Nos mains se promenèrent, lascives comme des corps de serpents, le long de nos sueurs et de nos courbes, et finalement ce furent nos lèvres qui nous surprirent le plus, en se donnant l'assaut, en attaquant sans prévenir la bouche de l'autre, et l'élan de tendresse se mua en ébat torride, sauvage, bestial, passionné.

Ne retenant ni mon souffle, ni mes grognements, je retournai brutalement Emmanuel sur le dos, en lui bouffant la bouche, et profitai de mes deux mains pour nous branler, et lui, et moi, pendant que je suçai sa langue, et dévorai avec ardeur ses baisers passionnés. Lui-même poussait des gémissements aigus, que je n'aurais jamais pensé retrouver dans son torse d'aventurier, et qui me faisaient bander comme un tonnerre, renversé par la beauté sensationnelle dont ce type lorsqu'il était au lit. Je serrai entre mes bras le corps brûlant de mon amant, respirai son odeur forte de sueur, glissant mon bassin tout contre le sien, nos deux peaux mariées n'en formant qu'une seule, alors que nos gémissements augmentaient en intensité.

A l'instant où j'ouvris de nouveau mes paupières, je contemplai le miroir qui se dressait face à nous. J'y vis nos deux corps enlacés, embrassés, aimants, qui se ruaient et se fondaient l'un dans l'autre, comme pour s'imprimer une marque respective au fond du cœur ; j'y vis se mélanger notre présent amoureux, et notre passé commun, notre premier regard l'un pour l'autre, l'art de la séduction entre les murs de pierre du monastère, et la volonté de découvrir nos sexualités ; j'y vis les odeurs confondantes d'immersion, d'envie de

35

se voir, d'envie d'explorer, de tenter le diable dans la maison de Dieu, pour comprendre si oui ou non nous avions une chance de nous convaincre, si oui ou non cette intensité folle que nous ressentions l'un pour l'autre était le fruit du hasard, ou une prédiction divine, comme une assignation à nous aimer, pour le salut du grand ordre de la terre.

J'y vis ensuite, dans les mouvements de nos corps, qui à mes yeux se mêlaient de plus en plus aux matières de l'air et de la couverture, nos premiers ébats amoureux, sur la terre battue de la chambre où s'étaient répandus nos spermes, à la nuit tombée, à l'abri du regard de tous les moines, alors qu'il nous fallait nous séduire en silence pour éviter de réveiller la foule par nos soupirs heureux ; j'y vis nos dragues en extérieur, au pied des murailles, nos baisers volés dans l'ombre de certains couloirs, auprès des offices, autour des repas, partout où nous pouvions subtiliser un peu de temps pour nous. J'y vis enfin notre baise la plus passionnée, celle qui se déroula au soir, à l'heure où le soleil rejoignait la ligne d'horizon, et où nous avions enfin su en nous faisant jouir entre nos mains et nos lèvres que nos deux vies seraient indéfiniment liées, incapables de se rompre, de s'oublier, de se laisser en deuil ; ce soir-là, alors que nous respirions à peine, nus l'un conte l'autre, cachés sur le foin des granges, entre les couvertures blanches aux odeurs de farine, j'avais perçu l'importance vitale que revêtait l'âme d'Emmanuel en mon cœur, ma volonté de la préserver tout près de moi, d'en faire un totem vivant, symbolisant cette période de ma vie, l'incarnant dans ma chair, aux côtés de toutes ces autres tombes qui parcouraient les couloirs de la crypte.

Ce soir-là, j'avais perçu combien je l'aimais, pour toujours, à jamais, et quelle que soit la distance qui nous séparait.

Tout cela me revint alors que je contemplai les ondulations intemporelles provoquées par la drogue jusqu'au fond du miroir, où nos deux corps n'en pouvaient plus de s'ébattre, où nos baisers n'en pouvaient plus de se taire, et je décidai d'augmenter la résonnance de nos cris entre les murs de la chambre, en embrassant une fois pour toutes mon ami soumis à ma luxure, en glissant ma langue contre la sienne, au fond de sa bouche, ce qui eut le don de le faire presque pleurer de bonheur, lui qui se dressa sur ses coudes pour venir me chercher plus haut, pour récupérer mon souffle, pour écouter battre mon cœur contre le sien.

Lorsque nos langues furent suffisamment nourries de danse effrénées, je me reculai de nouveau, je me positionnai entre les cuisses ouvertes d'Emmanuel, qui n'en pouvait plus de soupirer d'extase, complètement bandé sous l'effet enivrant des drogues et du bonheur que mon corps infusait au fond du sien. Je mordis la chair de l'une de ses jambes, léchant sa peau salée jusqu'à parvenir à son pied, puis je saisis chaque cheville dans ma main, les pétrissant jusqu'à les sentir bien chaudes, bien malléables, bien soumises. J'appuyai la plante de l'un de ses pieds contre mon épaule, avant de guider mon sexe à l'entrée de son cul, bien ouvert, qu'il écarta lui-même encore plus à l'aide de ses deux mains, tirant sur ses fesses en criant presque, murmurant des *pitié, pitié, s'il te plait, baise-moi*, et ses soupirs faisaient écho contre les murs de pierre, qui me paraissaient à présent se rapprocher de nous, comme pour former un cocon autour de nos deux corps enlacés pour m'encourager à pénétrer en lui, y déposer à jamais ma marque d'amour tendre, de souvenir, *ma marque d'à-jamais*, pensai-je sans le dire, et pourtant ces quelques mots résonnèrent dans la lumière tamisée de la pièce, alors que je serrai plus fort la cheville de mon amant, que je fermai les yeux pour mieux inspirer son odeur forte, que je sentis sur mon gland les contractions de son cul prêt à être sailli ; alors je poussai vers l'avant, gainant ma ceinture abdominale, jusqu'à ce que je l'entende pleurer et supplier encore, sa voix montant dans les aigus, alors que mon sexe écartait son trou, s'apprêtant à l'enfiler, de plus en plus profond ; je sentis autour de ma bite dure son cul qui s'agitait, qui la massait, la contractait douloureusement, et provoquait en moi tout un bouquet de rayons d'or, des bonheurs en contrebande que cette baise inassouvie injectait partout dans mes muscles, dans ma colonne, dans chaque millimètre de peau.

Alors que tous nos mots échangés jusque-là venaient se mélanger au creux de mon âme, je sentis au fond de mon dos que c'était le bon moment pour moi d'agir, qu'une faille d'amour venait de s'ouvrir dans l'âme d'Emmanuel jusqu'à son cœur en rut ; alors je donnai un coup puissant de hanche contre son cul bombé, et je le pénétrai tout entier, maintenant son cri de jouissance et sa jambe tendue contre mon torse ; je me retirai, le pénétrai de nouveau, mon cœur dans ma poitrine battait un tonnerre enivrant, mon souffle semblait celui d'un taureau, d'un dragon, d'un Dieu de la mythologie, je baisai Emmanuel comme on baise une montagne de corps enivrés, les uns après les autres ; je trouvai dans la baise avec Emmanuel, peuplée par les poudres fantastiques de Lorenzo, quelque chose de plus grand qu'un geste d'amour. J'y trouvai notre propre raison d'être, en ces lieux, en ces temps, dans notre Monde, dans notre vie passée, présente et à venir. Emmanuel pouvait bien partir, il n'y avait aucun trésor qui puisse le retenir à mes côtés ; mais qu'il se tienne ici, où à des milliers de kilomètres, il nous resterait toujours notre amour l'un pour l'autre, et le souvenir de tous ces instants bénis passés ensemble.

Sachant cela, percevant son désir suppliant de posséder jusqu'à la moindre part de mon âme, je frappai encore et encore au plus profond de lui, jusqu'à sentir contre mon sexe sa prostate gonflée, sous ma main son corps luisant de sueur ; alors je frappai une ultime fois, lui arrachant un cri d'orgasme, et sa propre bite relâcha sur son torse de longs jets de spermes tièdes, tandis que moi-même j'éjaculai en lui tout mon amour délirant, inarrêtable, éternel, mélancolique ; mon orgasme fut un cri d'amour pour le passé ; en faisant jouir

38

Emmanuel, j'ancrai son nom dans mon univers personnel, aux côtés de toutes les divinités de la crypte.

Et lorsque nos deux corps perclus de bonheurs et d'hallucinations furent réunis l'un contre l'autre, pantelants sur le lit profond, dans l'obscurité naissante de la pièce, entourés de miroirs sans fins et d'objets merveilleux ; lorsque nous nous fûmes enlacés, remerciés, et embrassés une ultime fois avant notre sommeil ; seulement là lui murmurai-je ce que j'avais voulu lui murmurer, au milieu de sa jouissance, de ses muscles détendus, et de sa sueur de mâle. Je lui dis : *reviens quand tu veux, amant béni ; tu es chez toi dans mon cœur.*

Il me sourit, il m'embrassa.

Nous nous endormîmes dans les bras l'un de l'autre, sous la terre, dans la crypte, parmi les déesses et des dieux de la mythologie, qui n'avaient jamais pu gouter un bonheur pareil au notre.

Dire adieu à Emmanuel fut plus simple que je ne l'avais prévu.

Au premier matin de la semaine, je le rejoignis au pied des remparts, et déverrouillai pour lui la porte de bois.

Il se tint de longues minutes au bord de la falaise, inspirant l'air frais et vivifiant, et contempla le trésor d'horizons et de montagnes qui reposait face à lui.

Finalement, il se tourna vers moi, et prenant mes mains dans les siennes, il les baisa comme un apôtre, avant de me faire promettre de ne pas l'oublier.

Impossible, lui dis-je, *tu as existé pour moi ; tu es dans ma chair à présent, comme une émotion forte. Je me souviendrai de toi comme on se rappelle d'un parfum délicieux, d'un amour de jeunesse, d'un frère voyageur. Je t'aimerai jusqu'à la fin des temps.*

Nous nous embrassâmes, et je le regardai partir sur le chemin des falaises, avant qu'il ne disparaisse, lui aussi, comme tant d'autres devaient encore disparaître après m'avoir aimé.

Je restai quelques minutes face aux montagnes, à observer le lever du soleil. Assurément, la journée allait être belle ; il me faudrait prier aujourd'hui, à la mémoire des amours passés,

et des cœurs à venir.

Lorsque je revins au monastère, j'étais un homme heureux.

Mars 2021

Un mot de l'auteur

Merci à toutes et à tous pour votre lecture.

J'espère vous avoir offert un peu de bon temps psychédélique, auprès de ces deux charmants garçons, dont j'aurais bien aimé partager l'existence, au moins pour une nuit. Finalement, en l'écrivant, en la lisant, c'est peut-être ce qui s'est produit, pour vous comme pour moi.

Pour celles et ceux qui voudraient laisser une note ou un commentaire à ce récit, vous pouvez le faire en appliquant la procédure suivante :

Rendez-vous sur la page Amazon du livre, faites-la défiler jusqu'à atteindre la section *commentaires clients*, puis cliquez sur *écrire un commentaire.*

Je ne dirai jamais assez combien vos retours sont précieux pour la vie du livre, de ses idées, de ses énergies, ainsi que pour la motivation des autrices et des auteurs. Sans vous, rien d'autre que du vent. Avec vous, et vos critiques, et vos retours, et vos amours, c'est la vie qui prend son vol, et les histoires pleuvent, encore et encore, chacune aussi belle que sa sœur ainée.

En vous souhaitant l'amour et l'amitié.
Prenez soin de vous.

Giorgio Battura

Découvrez sur Amazon les différents délires érotiques de Giorgio Battura

Chienne à soldats

Out of my dreams

Deux torses en sueur

Deux garçons, et les flammes

L'humiliation de Kevin

Chien sauvage

Elliot et la maison qui baise

Antoine et le diable

Sexfighters

Jouir

Chienne de prof

Esclave du roi viking

Soumis par les punks

Que Dieu me défonce

Hector soumis d'Achille

Arthur au gangbang

Pénétration, l'amant du monstre

Milliardaire en esclavage

Otage et mercenaire

Salvario, puceau en chaleur

La brute et l'étudiant

Dressage Omega

Ainsi que les trois compilations

Trois psychédélismes érotiques

Trilogie de chiennes en chaleur

Neuf récits d'amour, d'esclaves, et d'alpha males

Printed in Great Britain
by Amazon